(UN-)Menschliches
Rosel Ebert & Volker Krastel

(UN-)Menschliches

Zwiefache Fantasien
Rosel Ebert & Volker Krastel

Impressum:
© 2015 Rosel Ebert, Volker Krastel
Redaktion/Text: Rosel Ebert, Volker Krastel
Titel/Gestaltung/Typografie: Antje Püpke, Rosel Ebert
Fotos: Volker Krastel
Herstellung und Verlag: BoD – Books on Demand, Norderstedt
ISBN 978-3-7392-1317-0

INHALT

Den „Poeten vom Müggelsee"
gewidmet

FANTASIA

Fantasia ist überall:

Enge und Weite
schilfgrünes Land
Wüste aus Sand und aus Stein
so arm und so reich
vom Herzblut gefärbt
das Meer voller Hoffnung.

Ein Ort der Zuflucht
ganz nah und ganz fern
wo Gedanken zerrissen
der Wahrheit trotzen
und Augenblicke
der Zeit widersteh´n.

Geheimbund der Seelen
dort treffen wir uns
vom Schicksal erkoren
im Geiste vereint –
ZWEI gegen den Rest
der Welt.

Rosel Ebert & Volker Krastel

Rosel Ebert

ZWIEFACHE FANTASIEN

Zwiefach sind die Fantasien
Doch vereint im Bunde.
Gut und Böse sieht man zieh´n
Ihre Schicksalsrunde.

Zwiefach nisten sie sich ein
In des Menschen Seele.
Freude lacht wie Sonnenschein
Leid springt an die Kehle.

Fantasien spiel`n Katz und Maus
Wenn zwei Menschen spinnen.
Wird ein echtes Duo d´raus
Werden sie gewinnen.

MENSCHLICHES DASEIN

Volker Krastel

Zweigeteilt ist die Welt, Hässliches gibt es und Schönes.
Doch zeigt die äuß´re Gestalt niemals den inneren Wert!

Rosel Ebert

GÖTTLICHES PARADIES oder
GLEICHNIS FÜR EINEN ATHEISTEN

Als Gott der Herr die Erde schuf,
da nahm er beide Hände,
formt eine Kugel rund aus Lehm
ohn´ Anfang und ohn´ Ende.

Er gab dem Menschen die Gestalt
und Raum und Zeit und mehr,
zu suchen sich s e i n Paradies,
in das er wiederkehr...

Volker Krastel

MOND UND ERDE

Es ist der Mond,
der uns´re Erde steuert.
Sie tanzt nun ewiglich
nach seiner Pfeife.
Vielleicht hat sie den Mond
auch angeheuert,
so wird des Menschen Weg
zu einer Schleife.

Rosel Ebert

URSPRUNG

Mein Weg
Ist auch dein Weg
Was ich bin
Bist auch du.

Bin ich ein Baum
Bist du der Ast
Bist du das Meer
Ich eine Welle.

Meine Wurzel
Ist deine zugleich
Dein Quell
Der meine nicht minder.

Am Ursprung
Begann aller Zeiten Lauf
Stets verschmelzen
Anfang und Ende.

Dein Weg
Ist auch mein Weg
Was du bist
Bin auch ich.

Rosel Ebert

KOMM AUF DIE WELT MEIN KIND

Komm auf die Welt mein Kind,
die Sonne scheint heut' heller.
Mit ihrem sanften Strahl
erwärmt sie deine Haut.
Vielleicht dreht sich für dich
die Zeit auch etwas schneller,
so dass dein Äuglein bald
voll Staunen um sich schaut.

Komm auf die Welt mein Kind,
der Mann im Mond hält Wache.
Ein wunderbarer Traum
soll jetzt dein Eigen sein.
Damit an jedem Tag
das holde Glück dir lache,
sperrt er die Hexen und
die bösen Teufel ein.

Komm auf die Welt mein Kind,
im Bilderbuch der Sterne
sitzt heut' ein Löwe
majestätisch auf dem Thron.
Für dich räumt er den Platz
dann sicher einmal gerne.
Nun lass dich sehen Kind,
wir alle warten schon...

Volker Krastel

ERZIEHUNGSNOTSTAND

Als Ina grad' zwei Jahre war,
mit Stupsnase und noch nicht schlank,
passierte es unmittelbar
vor uns'rem Freitagssaunagang,
dass sich in ihren blonden Löckchen
mit erster Trauer im Gesicht,
verfing ein ausgewachs'nes Böckchen.
Das passte uns natürlich nicht!

Sie schrie und tobte fürchterlich.
Wir schickten sie aufs Klo –
und hofften sie beruhigt sich.
Das machten wir stets so.
Ein jedes Mal hat's funktioniert,
doch diesmal schrie sie weiter.
Gudrun und ich leicht irritiert
fanden das nicht mehr heiter.

Sie schrie am Spieß zum Gott erbarm',
mich packte schon die Wut.
Ich hielt sie fest mit starkem Arm,
wie man das eben tut,
und gab ihr mit der rechten Hand
'nen Klaps auf ihren Po,
was ich sofort verwerflich fand,
war drüber gar nicht froh!

Doch siehe da, plötzlich fürbass
das Böckchen ausgestanden.
Sie sagt ganz ruhig ohne Hass:
„Jetzt habe ich verstanden!"

Rosel Ebert

SEUFZER EINER GEPLAGTEN MUTTER

Ach wäre doch mein wilder Bengel
Endlich mal ein braver Engel
Hörte auf mit dem Gequengel

Würde still sein Frühstück essen
Statt mit mir die Kraft zu messen
So als sei er ganz besessen

Liebte Ordnung hier und dort
Trödelte nicht immerfort
Lief zur Schule schnell im Spurt

Machte das was ich ihm sage
Stellte nichts davon infrage
Sei ein Lämmchen alle Tage

— — —

Ach was red´ ich für ´nen Mist
Leben geht nicht ohne Zwist
Soll er bleiben wie er ist!

Volker Krastel

ES SIND DIE DINGE

Es sind die Dinge, die einfach geschehen,
die mancher später Schicksal nennt.
Oft ist der Weg, den wir dann weiter gehen,
auch der, der uns von unser'n Lieben trennt.

Erst spät, wenn die Geschichte weiter schreitet,
und sich die Dinge stetig wandeln,
wird klar, was den Entschluss bereitet,
und es vernünftig war zu handeln.

Ein jeder muss sein zwiegespalt'nes Leben,
mit all dem Schlechten, all dem Guten,
den Kindern ins Gedächtnis geben,
dass sie dafür nicht selber bluten.

Rosel Ebert

SCHMETTERLING

Davon wirst du fliegen
ins Morgen hinein,
die Welt zu erobern –
so soll es auch sein.

Doch suchst du dann Schutz
vor Sturm und Gebraus,
kehr einfach schnell um
und fliege nach Haus.

Hier bist du geborgen
ob groß oder klein,
die schützenden Hände
hüllen dich ein.

Und fliegst du erneut,
weil´s heut deine Wahl,
wirst wieder sie finden
ein anderes Mal.

Volker Krastel

LEBENSWIRKLICHKEIT

Gefühle sind heut Zahlenakrobatik.
Doch Logik bringt hier kein Ergebnis.
Vom Unbewussten kennt man nicht die Statik
und wahrgenommen wird nur das Erlebnis.

Ein jedes Leben ist ein Würfelspiel
mit Regeln, die im Dunkeln liegen.
Manch einer ist ganz schnell am Ziel,
der andere muss sich verbiegen.

Kaum einer hört auf seine Seele,
was da so alles mit sich schwingt.
Ich gebe zu, dass ich es nicht verhehle,
dass sie fast stündlich unterschiedlich klingt.

Experten suchen den IQ
auch bei des Menschen Emotionen.
Doch hört kein Mensch so richtig zu,
das Rechnen hier wird sich kaum lohnen.

Hört jetzt mal wieder auf den Bauch,
und geht das Leben an mit Herz.
Die Logik steht doch auf dem Schlauch,
die ganze Wissenschaft – ein Scherz!

Rosel Ebert

VERGANGENHEIT

Einmal
war die Wiese gestreift
grüne Kühe flogen gen Himmel
bunte Blumen
fielen als Schnee.

Damals
verstand ich die Sprache der Katze
konnte tanzen mit Puppen
und barfuß
im Regen steh´n.

Früher
verdiente Vater das Geld
die Mutter hielt Ordnung
der Sandmann
bewachte den Schlaf.

Warum
bin ich
erwachsen geworden?

Volker Krastel

SELBSTLAUF

Verdruss und Angst geh´n mit ins Bett
Es schläft sich schlecht mit Sorgen
Beleg damit das Fensterbrett –
Der Rest regelt sich morgen!

Volker Krastel

ZIELSTREBIGKEIT

Kunst ist es, besonders bei den Alten,
die eig´nen Gedanken fest zu halten.
Fast jeder lässt sich einfach verwalten,
ohne kräftig dagegen zu halten.
Es kostet zwar Kraft, und davon sehr viel:
Gebt es nicht auf, das eigene Ziel!

Rosel Ebert

LEBENSWEGE

Holperpflaster –
Stolpersteine
Wie ein Hund
An langer Leine.

Berge rauf
Dann wieder runter –
Heute schlaff
Und morgen munter.

Asphaltstraße
Schnurgerade –
Irgendwann
Verschlung´ne Pfade.

An des Daseins
And´rer Stelle
Sprudelt allweil
Eine Quelle.

Kleiner Bach
Zerfließt im Strom –
Viele Wege
Führ´n nach Rom.

Volker Krastel

PARADOX

Immer dreht sich die Erde
Im Wechsel von Tag und Nacht.
Sehr verschieden die Zeit –
Aber ewig das Gleiche !?

Volker Krastel

BEWEGUNG

Weiß nicht, wieso ich heute daran denke,
was uns're Lebenszeit bemisst.
Vielleicht ist es die Steifheit der Gelenke,
so dass Bewegung schwierig ist.

Das Leben ist doch ständige Bewegung,
Veränd'rung nötig, jeden Tag.
Neugierig sein bringt uns Belebung!
Stillstand gleicht einem Mordanschlag.

Rosel Ebert

BEWEGUNG

Leben ist Bewegung
Ist Suchen und Finden
Und wieder Suchen
Und wieder Finden
Mit jedem Schritt
Ein Stück Entdeckung
Auf dem Weg der Erkenntnis.

Entdeckung der Welt
Ohne Anfang und Ende
Schwerelos fliegen
Trotzen dem sicheren Halt
Bei Strafe des Untergangs.

Mit kleinen Münzen
Wahrheiten kaufen
Verwandeln in große Worte
Die bleiben ein Leben
Und noch ein Leben
In Ewigkeit.

Weiter und weiter
Wer genug hat ist schon tot
Leben ist Bewegung
Abschied und Ankunft
Zugleich.

Rosel Ebert

DIE MACHT DES INNEREN

Wenn Gedanken
Wie Schranken
Den Blick verstellen
Und der Kopf nach Gott
Dem Allmächtigen sucht;

Wenn Beschränkung
Und Kränkung
Das Leben vergällen
Und der Mensch des Daseins
Erfahrung verflucht;

Wenn er Gefühle erstickt
Vor dem Selbst
Tief erschrickt
Und der Körper die Seele
Gefangen hält:

Wie soll er des Mensch-Seins
Allmacht spüren
Die Hände sehen die ihn führen
Den Weg erkennen
Im Zerrbild der Welt?

AUF SICH MUSS ER BAUEN
Ins Innere schauen
Gefühlen vertrauen
Bis Sehnsucht gestillt
Und der Weltschmerz vergeht.

So lernt er Verstehen
Stets aufrecht zu gehen
Das Gute zu sehen –
Womit der Mensch
An sich besteht!

Volker Krastel

UNSER INNERSTES

Wie der Mensch aufwächst,
so ist seine Seele.
Also Gefühle, Bilder, Klang;
nicht Regeln oder gar Befehle,
besonders wird verdrängt der Zwang.

Wie wir dann sind, das heißt Charakter.
Der bildet sich im Untergrund.
Das Aussehen wird stets kompakter
und zeigt den sichtbaren Befund.

Der Zwiespalt bleibt ein ganzes Leben.
Doch kann man nie aus seiner Haut.
Die Ungewissheit lässt sich nicht beheben,
selbst, wenn man in die eig'nen Augen schaut.

Volker Krastel

ZWIESPALT

Wenn das Böse-Ich lästert,
spottet und höhnt,
und des Guten-Ichs Sanftmut
mit Eifer verpönt;

wenn das Gute-Ich Glück
und Liebe sät,
und trotz Mühen kein Licht
am Tunnel erspäht;

wenn das Über-Ich strafend
den Finger hebt,
und der Mensch mehr zum Schein
als im Sein dann lebt:

Was bleibt von Gefühlen
und Idealen,
als Zweifel, Versteckspiel
und Höllenqualen?

Wie soll die Persönlichkeit
sich entfalten,
woran kann der Mensch sich
im Leben halten?

Ein starker Charakter –
ist´s das, was zählt?
Bewusstheit der Werte,
die selbst er erwählt?

Ist´s ewiges Streben
nach dem, was die Welt,
im inneren Dasein
zusammenhält?

Rosel Ebert

ZWIESPALT

Wenn Gegensätze
uns vorwärts bringen,
um deren Lösung
im Kampf wir ringen,

dann erwächst aus dem Zwiespalt
ein echter Sinn,
aus jedem Ergebnis
ein Neubeginn.

Volker Krastel

CHARAKTERUNTERSCHIEDE

Falls es ihm glückt
Ist der der verrückt
Wenn die Lage verzwickt
Ernsthaft entzückt.

Es heißt der Genaue
Der Überschlaue
Die Fahrt ins Blaue
Sich niemals getraue.

So ist es am Besten
Trotz vieler Gebresten
Sich einfach zu testen
Mit schwarz-weißen Westen!

Rosel Ebert

DER SICHTBARE CHARAKTER

Ob dick, ob dünn,
ob breit, ob lang,
der Körperbau
hat einen Hang
auch den Charakter
zu bestimmen.

So ist der Dicke
meist gemütlich,
recht lustig und
im Umgang friedlich.
Der Lange steif,
beherrscht und kühl,
doch auch von
tieferem Gefühl.
Und der, der in den
Schultern breit,
ist zäh und voll
Gelassenheit.

Was fällt uns nun
dazu noch ein?
Am besten wird
der Mischling sein!

Volker Krastel

IN JEDEM LEBEN GIBT´S MOMENTE

In jedem Leben gibt´s Momente,
manch einer, der erkennt sie nicht.
So macht er weiter bis zur Rente,
gut angepasst, zufrieden, schlicht.

Dann hat er Zeit und denkt erschrocken:
War das nun alles bis zum Tod?
Zeitlebens vor dem Bildschirm hocken?
Das bloß nicht! Und so sieht er rot.

Er fängt jetzt an, klar hin zu sehen,
erlebt die Dinge, wie sie sind,
und meint, er müsse daran drehen,
dass eine neue Zeit beginnt.

Schaut die Natur an und den Himmel,
und atmet tief an frischer Luft;
sieht auch der Ameisen Gewimmel,
und freut sich an der Blumen Duft.

Für ihn beginnt ein neues Leben.
Er spürt, dass er Umgebung braucht,
und möchte ander´n Hilfe geben –
er war zu lange abgetaucht!

Rosel Ebert

IN JEDEM LEBEN GIBT´S MOMENTE

In jedem Leben gibt´s Momente,
da denkt der Mensch, was tu´ ich bloß?
Ich plag mich ab, selbst nach der Rente,
nun reicht es mir – jetzt lass´ ich los!

Stets gilt mein Leben nur den ander´n,
ich seh´ nur sie und niemals mich.
Schau die Gedanken, wie sie wandern,
und denk´, sie überschlagen sich:

Habe ich heut´ an all´ und jeden,
der Rat und Hilfe braucht, gedacht?
Muss ich so manchen überreden,
dass er nicht jammert, sondern lacht?

Es langt. Ich bin kein Kummerkasten.
Ich denk´ an mich und fasse Mut.
Hör´ auf, wie wild herum zu hasten,
freu´ mich an mir und das tut gut!

Was ich noch tun will, ist nicht wenig,
doch m e i n e Ziele sind gefragt.
Ab jetzt bin ich allein der König –
so, endlich wär das mal gesagt!

Volker Krastel

RELATIVITÄT

Es ist bekannt und allen klar
der Mensch wird älter jedes Jahr.
Noch nicht mal auf die Welt gekrochen,
altert der Embryo in Wochen,
und jeder weiß, ohne zu fragen,
als Baby altert man in Tagen.
Jenseits der sechzig geht die Kunde,
altert der Mensch schon jede Stunde.
Doch nun muss sich der Körper sputen,
denn er versteift jetzt in Minuten.
Hat man sich damit abgefunden,
vergreist manch einer in Sekunden!

Nur eines daran tröstlich ist,
dass man ja immer mehr vergisst!
Da das recht pessimistisch ist,
nun die Version vom Optimist!

Als ich noch in der Schule war,
da hatt´ ich Stress ein ganzes Jahr.
Auf Freizeiten musste ich kochen,
da schienen mir die Stunden Wochen.
Ich traue mich es kaum zu sagen,
die erste Liebe schwand in Tagen.
Dann hab ich den Beruf gefunden
und hatte Stress gezählt in Stunden.
Pünktlich zu sein, musst´ ich mich sputen,
das schaffte Stress dann in Minuten.
Als Rentner sag ich unumwunden
zähl´ ich den Stress jetzt in Sekunden!

Rosel Ebert

LICHT UND SCHATTEN

Annehmen
Das Leben
Als Wunder
An sich
Als Variable
In Raum und Zeit.

Dasein
Mit Licht und Schatten
Teil eines Ganzen
Im ewigen Lauf.

Annehmen
Das Wunder
Zu jeder Zeit
Leben
Im irdischen
Raum.

Erkennen
Was ist und was bleibt.
Verschenken?
Nicht einen Tag!

Volker Krastel

CICEROS TROST

Welch kluger Geist, der hier aus Cato spricht,
als er der Alten Dasein lobt.
Dass Muskeln schwinden stört letztendlich nicht,
wenn man nicht mehr den Aufstand probt.

Sind die Genüsse auch bescheiden,
bleibt uns doch nüchterner Verstand.
Ist Jugend wirklich zu beneiden,
die nachläuft jedem Schürzenband?

Die Alten sind der Jugend eine Last,
scheinen ihr wie eine Bürde.
Ein kluger Rat, gegeben ohne Hast,
überwindet manche Hürde.

Kein Alter will der Jugend schaden,
räumt still und leise seinen Platz,
war lang genug der Lebensfaden.
Was bleibt, ist ein Zitatenschatz!

Was Cicero schon ante Christum natum
mit seinen Schülern diskutiert,
ist gültiger, als was zum heut´gen Datum
in Talkschaurunden nächtelang passiert.

MENSCHLICHE TRÄUME

Rosel Ebert

Schwebende Seifenblasen im Wind –
Traumfantasien, die lebendig sind...

Rosel Ebert

NIEMANDSLAND

Im Spiegel
Einer Fata Morgana
Springt die Fantasie
Über Grenzen.

Durch schwarze Löcher hindurch
Gibt sie den Blick frei
Ins funkelnde
Niemandsland.

Zögernd stehst du
Zum Absprung bereit
Nach der Hand suchend
Die dich führt.

Bis du erkennst:
Die Fantasie ist ein Gaukler
Die Fata Morgana
Unwirklicher Schein.

Volker Krastel

FANTASIE FÜR ZWEI

Es können unsere Gedanken
Hin zum Garten Eden führen.
Fantasie kennt keine Schranken
Lässt uns selbst die Schönheit spüren.

Wir fliegen durch das Firmament
Leicht beschwingt ganz wie wir wollen.
Verwundert dass uns jeder kennt
In der Arktis auf den Schollen.

Unter uns bloß Eis und Schnee
Über uns `zig tausend Sterne.
Traumhaft! – Dann das Resümee:
´S IST UND BLEIBT NUR DIE LATERNE!

Rosel Ebert

FANTASIE FÜR ZWEI

Noch trägt das Jahr
ein eisiges Kleid,
doch irgendwann
kommt die Mittsommerzeit.
Dann tummeln wir uns
so ganz zum Spaße,
wie Belugas in arktischer
Wellness-Oase.

Wir träumen davon,
das Weiß wär nun grün,
wir würden vom Eismeer
nach Ireland zieh´n.
Dort weilen wir,
vom Grün geblendet,
voll Hoffnung, dass das Spiel
nie endet!

Fazit:
Mag sein, der Traum
erfüllt sich nicht,
dann bleibt doch immer
das Gedicht…

Volker Krastel

AM WEHR

Am Wehr, wo stets das Wasser rauscht,
da hab ich wieder mal der Zeit gelauscht.
Es glitzert silbern, wenn das Wasser fällt,
und keiner, der die Tropfen zählt.

Es ist die Zeit, die du hier siehst,
die, wie das Wasser ständig fließt.
So ist das Wasser, wie die Zeit
gleichsam Symbol der Ewigkeit!

Doch sind die Gletscher abgetaut,
macht sich das Wasser rar.
Dann ist's vorbei mit Ewigkeit
für jetzt und immerdar.

Rosel Ebert

WUNDER DER NATUR

Wenn Stalaktiten die Erde streifen
und Stalagmiten den Gipfel berühr´n,
dann wird die Klarsicht endlich reifen
und die Erkenntnis dazu führ´n,
dass nichts unmöglich ist auf Erden;
dass Fantasien lebendig werden
und Wunder sich von selbst entfalten,
wenn Menschen die Natur erhalten.

Volker Krastel

SPUREN DER MENSCHEN

Pflanzen und Tiere leben im Einklang mit der Natur,
Menschen wollen verändern. Doch in ihrer Spur
geht so vieles kaputt –
zurück bleibt nur Schutt!

Rosel Ebert

TRÄUME

Schwebende Seifenblasen
im Wind –
ein lustiger Tanz
mit dem himmlischen Kind.

Große, so prächtig
und farbenfroh bunt;
lieblich die kleinen
im schillernden Rund.

Traumgebilde,
zum Greifen nah´,
doch will ich eins fangen,
ist keines mehr da.

Seifenblasen –
aus Luft und aus Schaum.
Mit jedweder Hülle
zerplatzt auch ein Traum.

Schwebende Seifenblasen
im Wind –
Traumfantasien,
die lebendig sind…

Volker Krastel

VOLLMOND

Es ist der Mond in einer Sommernacht,
der alles überstrahlt;
der Grund, so hab ich mir gedacht,
weshalb man Monde malt.

Es ist das helle Licht im Dunkeln,
es nimmt die Furcht und lässt uns sehen.
Und wenn noch ein paar Sterne funkeln,
ist´s Traumkulisse für die Liebesszenen.

Rosel Ebert

SOMMERABEND

Die Klänge leiser Musik
Der Duft erblühender Rosen
Farbenspiele an der Wand
Lassen meine Sinne erwachen –
Ich ruhe in mir selbst!

Rosel Ebert

MORGENGRUSS

Wenn die Stille der Nacht
zu wispern beginnt
und der Nebelfrauen
Reigen sich schließt;
wenn lautlos der Tau
von den Gräsern rinnt
und das Schwarz
auf der Palette zerfließt;
wenn die Stadt
aus ihrem Schlafe erwacht
und das Buch der Träume
liegt seitenverkehrt –
dann öffne ich
meine Augen ganz sacht
und fühle genau,
diesen Gruß
bist du wert…

Volker Krastel

MORGENSTIMMUNG

Breit lächelnd kommt der neue Tag.
Die Nacht verschämt zurückgewichen,
weil sie die Helligkeit nicht mag,
hat sie sich feig davongeschlichen.

Am Himmel Wolken, wie zerfetzt;
der Horizont verschwimmt im Grau.
Die grünen Wiesenhalme netzt
mit Perlen noch der Morgentau.

Weit in der Ferne kräht ein Hahn.
Der Kuckuck singt sein Morgenlied.
Ein Sperber zieht am Himmel seine Bahn.
S´ ist Harmonie, die hier geschieht.

Volker Krastel

FARBENSPIELE

Die Farben verraten im Stillen
Nach außen den inneren Willen.

Rot steht für Kämpfen
Blau kann uns dämpfen
Eintöniges Grau
Ist irgendwie lau
Schwarz ist die Trauer
Braun macht mich sauer
Grün gibt uns Ruhe
Pink ist Getue.

Mag das auch nicht allen
Menschen gefallen –
Ob traurig ob heiter
Lebensbegleiter
Sind Farben weiter.
Das ist auch gesund
So bleibt Tag und Stund´
Unser Erdenreich bunt!

Rosel Ebert

NOCH EINMAL...

Träumen
von des Oleanders
karminroter Blüte,
von der Zikaden
zirpendem Ruf,
von dem kühlen Schatten
der Oliven im Hain.

Träumen
von der Adriabucht
an türkisblauem Meer,
von der Taverne
rotgold´nem Wein,
von den heißen Nächten
des Südens mit dir.

Noch einmal
all das erleben dürfen!
Was ist vergangen –
was Wirklichkeit?

Volker Krastel

EWIGKEIT

Die tausendjährigen Eichen
Ägyptischen Mumien gleichen
Zerfurchte Rinde das Mumienkleid
Zerschlissen durch den Zahn der Zeit.

Es bleibt zurück von edler Habe
Nur noch das Laub als Grabbeigabe
Furchen und Wunden im Borkenkleid
Narben durch Entbehrung und Leid.

So zeigt sich in ihrem Gesichte
Die leidige deutsche Geschichte.

Dass Nonnen, von Räubern einst verführt
In dieser Gestalt nun konserviert
Jetzt auf Erlösung harren
Gehört ins Reich der Narren.

Sie stehen hier zerfurcht und grau
Und stellen sich der Welt zur Schau
Gleichsam naturgeword´ne Zeit –
Ein Monument der Ewigkeit!

Rosel Ebert

ERINNERUNG

Traumtänzerin.
Endlose Bahnen tiefgründigen Stoffes hüllen
sie ein. Farben verwirren den klärenden
Blick. Der Nacht ohne Sterne tiefstes Schwarz
blitzartig verjagt von grellbunten Tönen
auflösend im Nichts. Nur schlohweiße
Flecken.

Unkenntlich die wahre Gestalt.
Ein magisches Wesen – nun Grau in Grau.
Im Nebel der Schleier das Antlitz versteckt.
Auf immer und ewig...

Bis irgendwann im Glasperlenspiel
Unzählige Tropfen kristallklaren Wassers
fast wie von selbst den Nebel durchdringen.
Aus dem Spiegel des Meeres all meiner
Tränen schaut sie mich an nackt und bloß.
Traumtänzerin ohne Gewand.

In lockender Anmut Nereiden gleich –
die Nymphe Erinnerung...

Volker Krastel

NACHTHIMMEL

Der Nachthimmel hat kaum noch Sterne,
die Milchstraße, die sieht man nicht.
Und sie sah ich als Kind so gerne.
Heut´ gibt es nächtens zu viel Licht.

Dem Lebensablauf fehlt die Ruhe;
der Mensch will Unterhaltung Tag und Nacht;
so hat er schon längst jene Truhe,
die Büchse der Pandora aufgemacht.

Was schön und ehrbar, das verschwindet.
Zurück bleibt Schummerlicht und Staub.
Wer genau hinschaut, der erblindet.
Kulturlos – sag´ ich mit Verlaub.

Denn zu viel Licht, das kann auch blenden;
Die wahre Schönheit sieht man nicht.
Wir sollten unser´n Fortschrittswahn beenden.
Es fehlt uns längst die Übersicht.

Rosel Ebert

STILLE

Hörst du die Stille?
Man glaubt es kaum –
sie summt wie die Bienen
am Blütenbaum.

Spürst du die Stille?
Sie streift dein Haar –
Wahrheit ist glauben,
und Glaube wird wahr.

Die Stille –
sie fängt die Albträume ein;
vom Berg, der zum Himmel wuchs,
bleibt nur ein Schein.

Hörst du die Stille?
Sie raunt dir zu:
Ruhe ist Stille,
und Stille ist Ruh´.

Spürst du die Stille?
Ganz federleicht
hat endlich ihr Frieden
auch dich erreicht.

Volker Krastel

SEHNSUCHT

Es war ein kurzer Wimpernschlag
der traf mich ungeschützt;
dass ich erschrak
und dir erlag,
es hat mir nichts genützt?!

Nur dieser eine kurze Blick
und ich war dir verfallen.
Ich hing am Strick,
welch Missgeschick.
Einmal passiert es allen!

Verschwunden, fort in einem Nu.
Ich stand allein, verwirrt.
Such immerzu,
frag: Wo bist du?
Hab mich in mir verirrt.

Du hast es selbst ja nicht gespürt,
hast mich nicht mal gesehen.
Bist unberührt.
Wohin das führt?
Mir ist ein Leid geschehen…

Rosel Ebert

SEHNENDES VERLANGEN

Ich werfe die Sehnsucht
In den düsteren Himmel
Dass sie wie Vögel im Zug
Virtuos durch die Lüfte
Gleitet.

Ich füge herzhafte Töne
Mit leisem Klopfen
In meiner Liebe Rhythmus
Hinzu.

Ich blase den Atem
In ein drehendes Windrad
Damit die Seele beim Flug
Ihre seidenen Schwingen
Weitet.

Ich weine nächtelang Tränen
Wie Regentropfen –
Doch mit der Sonne Lachen
Kommst du…

Rosel Ebert

GLÜCKS-LOS

Wer sein Herz verschenkt
und die Träume halbiert,
ohne Argwohn, dass er
die Freiheit verliert;

wer beim Glücksspiel
alles auf Liebe setzt,
und mit Wort und Tat
jenes Band nicht verletzt,

das Vertrauen und Wahrheit
gemeinsam spinnen –
der, und nur der, wird
für´s Leben gewinnen!

Volker Krastel

HOLZ

Kantig
Rauh und grantig
Erst wenn es geglättet
Und eingefettet
Schmeichelt´s der Hand
Wie ein samtenes Band.

Manch grober Klotz
Steht wie ein Protz
Wird er gespalten
Kann man Gestalten
Erhalten.

Aus mächtigem Stamm
Gerade und stramm
Werden Balken und Bretter –
Widerstehen dem Wetter.
Es wurde daraus:
EIN HAUS!

Volker Krastel

VERLIEBT

Ein Gefühl,
heiß und schwül,
froh und traurig;
als Phänomen schaurig!
Man möchte vergeh´n –
so schön!

Ist man getroffen,
Gefühl wie besoffen,
im Herz ein Gebimmel
so ist es im Himmel!
Die Zeiten allein –
gemein.

Rosel Ebert

WAS LIEBE IST

Liebe ist Zugfahrt
Mit Licht im Tunnel
Knallerbse zerplatzt
In Freudenwahn.

Liebe ist Gimpel
Mit Wundertüte
Tanz der Indianer
Im Coca-Tran.

Liebe ist Zierfisch
Mit treudoofem Blick
Mauerblümchen zur
Schönheit kreiert.

Liebe ist Monster
Mit Fangkorb für zwei
Wächter der seine
Tugend verliert.

Liebe ist was ihr
Nur fühlt und nicht wisst
Liebe ist einfach
So wie sie ist…

Volker Krastel

LIEBE AUF DEN ERSTEN BLICK

Dein Blick, so klar und offen,
Hat mich ins Herz getroffen –
Es ist um mich gescheh´n!

Ich bin in dir gefangen
Und so voller Verlangen –
Ich muss dich wiederseh´n!

Wo ich auch geh´ und stehe,
Passiert´s, dass ich mich drehe –
Und hoffe, du bist da!

Ich suche dich vergebens,
Du Liebe meines Lebens –
Ein Trugbild, was ich sah!

Rosel Ebert

LIEBE

Nähe
Berührung
Im Gleichklang der Seelen –
Innig verbunden
Ohne zu wählen
Ob Pflicht
Ob Gefühl
Den Reigen bestimmt –
Im Feuer
Stets noch
Ein Funke glimmt

Mit Worten
Und Gesten
Sich offenbaren
Und dabei
Vertrauen
Und Achtung bewahren –
Sich geben
Im Wesen so wie man ist
Und schauen
Dass keiner
Sich selber vergisst!

Rosel Ebert

PHILOSOPHIE DES VERKLEIDENS

Ein *Vöglein* zu sein,
das wär´ mir grad´ recht.
Ich trällerte fleißig,
und gar nicht mal schlecht,
possierlich
im prächtigen Federkleid,
zum Abflug
in ferne Länder bereit.

Ein *Kolibri*
wäre der Wunsch meiner Wahl.
Ich bitt´ die Natur
nur dies´ eine Mal
zu tun, was mir
– und nur mir – gefällt.
Doch hat sie für mich
etwas and´res bestellt.

Unter den Vögeln,
so lieblich und fein,
soll ich nun der glücklose
Pechvogel sein!?
Ich glaube, die Rolle –
sie steht mir schlecht.
Und weil dieses Leben
so ungerecht,
will ich wieder raus …

AUS !!!!

Natürlich hab´ ich jetzt die Wahl
die Tierwelt weiter zu durchforsten.
Von *Aal* bis *Zebra* – eine Qual!
Dazwischen noch ein *Schwein* mit Borsten.

Ich könnte dies und jenes sein,
und müsste ich mich schnell entscheiden,
fällt mir das Jahr des *Schafes* ein…
Obwohl: Das würd ich gern vermeiden!

In China sagt man von dem Tier,
dass es mit Sanftmut kommt daher,
als Lämmchen sei es eine Zier –
ich glaube daran niemals mehr!

Nach altem Brauch –
so ist es nämlich:
Wär´ ich als Schaf
doch ziemlich dämlich!

Vielleicht wähl´ ich nun den *Delphin*,
das ist ein super kluges Tier.
Würd´ singend durch die Meere zieh´n,
weilte mal dort, und auch mal hier.

Spräng´ in die Luft voll Übermut,
tät´ alles das, was mir gefällt.
Fühlt´ mich im Schwarm so richtig gut,
ganz, als gehöre mir die Welt.

Ich denk´ und träume vor mich hin,
doch die Erkenntnis, die folgt prompt:
Am besten bleib´ ich, wie ich bin,
und nehm´ das Leben, so wie´s kommt!

Volker Krastel

WARUM

Schon lange geht es mir im Kopf herum:
Dies unaufhörlich bohrende „Warum".

Warum hab ich schon wieder mal kein Geld?
Warum bin ich geboren?
Warum gibt´s so viel Menschen auf der Welt?
Warum hießen die Schwarzen Mohren?

Warum ist Putin noch kein Zar?
Warum gibt es noch Kriege?
Warum ist Leitungswasser klar?
Warum stört uns die Fliege?

Warum, warum und abermals warum?
Warum ist die Banane krumm?
Warum sind so viel Menschen dumm? –
Und: Warum treibt mich das noch um?

Das Wort hat meinen Schlaf gestört,
doch nützt es nichts zu grübeln.
Die Frage, klingt sie auch empört,
befreit nicht von den Übeln.

MENSCHLICHES MITEINANDER

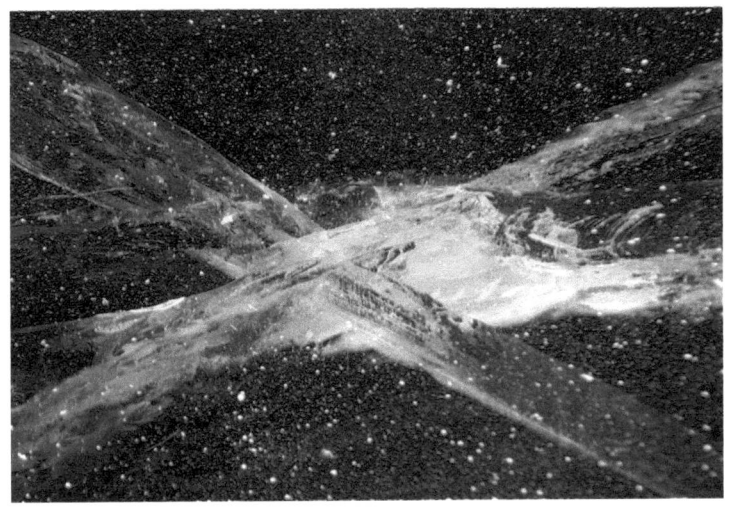

Volker Krastel

Die Menschen untereinander,
sind wie Zimt und Koreander...

Volker Krastel

ANNÄHERUNG

Autos schrauben
Trauben klauben
Mädchen ihre Unschuld rauben.

Ton angeben
Glücklich leben
Und im siebten Himmel schweben.

So sind heute Jugendträume –
Wirklichkeit sieht anders aus!
Pflegt den Rasen und pflanzt Bäume
Schenkt euch einen Blumenstrauß!

Für kurze Freuden
Zeit vergeuden
Solltet ihr tunlichst vermeiden.

Besser sich regen
Ja meinetwegen
Sei´s auch ein wenig verwegen!

Denn wollt ihr in eurem Leben
Zufriedenheit erreichen
Müsst ihr nach Höherem streben
Und nicht vom Weg abweichen.

Rosel Ebert

DIE ROLLE MEINES LEBENS

Tanzen
auf dem Seil
im Zirkus
der Familie –
achtsam bemüht
in der Spanne
zwischen Nähe
und Distanz
die Balance zu halten!

Volker Krastel

EPIGRAMME

Der Männer Defizit bezogen auf die Frauen
ist, dass sie nur in eine Richtung schauen.
Und so fehlt ihrem Blick die Weite.
Zum Schluss ist die Beziehung pleite.

– – –

Der eine macht und denkt und tut,
der and´re lacht und trinkt und ruht.
Das ist der kleine Unterschied,
der dann entscheidet, was geschieht.

Volker Krastel

JUNG UND ALT

Es kommt schon vor, dass mich die Jungen fragen:
Hast Du uns wirklich was zu sagen?
Klug reden macht da wenig Sinn.
Wenn´s Alter spricht, wer hört schon hin?

Die Ungeduld ist eine Tugend
und gilt als Privileg der Jugend.
Doch oftmals bringt dann die Erfahrung
des Alters erst die Offenbarung.

Das Optimum, ihr wisst es schon,
erreicht nur Kommunikation.
Wenn Jung und Alt sich voll vertraut,
wird Zukunft nicht auf Sand gebaut.

Rosel Ebert

DRAHTLOSE KOMMUNIKATION

Sprache
Trommeln der Buschmänner
Telepathie
Intuition
Suggestion
Wireless LAN –

Egal:
Hauptsache
wir verstehen uns!

Volker Krastel

DAS INFORMATIONSZEITALTER

Der Wunsch des Menschen, informiert zu sein,
in einer Welt, die sich tagtäglich wandelt,
drang so in unser Leben ein,
dass niemand merkt, worum es sich hier handelt.

Ein jeder, der den ander'n informiert,
bringt ihn im Wortsinn nun einmal in Form.
Nachrichtenmedien haben uns normiert
und ihre Einflussnahme ist enorm.

Das „world-wide-web" und „Internet"
wird uns als Mensch verdummen.
Freizügigkeit als Etikett
lässt Kritiker verstummen.

Wir sind nun mal soziale Wesen
und brauchen körperlich Kontakt.
Vom andern nur die E-Mails lesen,
macht die Beziehung sehr abstrakt.

Rosel Ebert

UMGANG

STIL
ist die Form
des Umgangs miteinander.
Er kann als gut oder schlecht
empfunden werden,
je nach dem Maß der Achtsamkeit,
das man dem anderen gegenüber
zum Ausdruck bringt.

Ein GUTER STIL
ist die Fähigkeit,
im Umgang miteinander
anderen Menschen
ebenso viel Aufmerksamkeit
zu schenken
wie sich selbst.

Volker Krastel

ABGANG

Mancher wünscht sich
Schon jetzt den Himmel
Das Leben
Sollte glücklich machen!
Doch dann
Steht man plötzlich
Im Gewimmel
Und spürt, dass nur
die ander´n lachen.

Rosel Ebert

MASKERADE

Manchmal
wünschte ich mir
mein Gesicht
bedecken zu können:

die Augen verschleiert
mit Wimpern recht lang
aus feinem Papier;

den Mund versteckt
hinter lachender Maske
grellbunt bemalt.

Ich könnte
Grimassen schneiden
und Augen verdrehen –

niemand
erahnte
mein wahres Gesicht!

Manchmal
wünschte ich mir
auf Konventionen
pfeifen zu können...

Volker Krastel

MASKERADE

Des Fotografen Auge ist das Objektiv.
Es scheint, das bringt mehr Klarheit.
Doch häufig liegt er damit schief.
Unsichtbar bleibt die Wahrheit.

Volker Krastel

BILDER – SCHILDER

Manche Bilder
Sind Schilder.
In Gestalten
Wird festgehalten
Ein kleiner Moment.
Jeder erkennt
Im Farbenspiel
Unendlich viel.
Doch kaum einer
Hat je entdeckt
Was ganz genau
Dahinter steckt!

Rosel Ebert

VERWANDLUNG

Mich dünkt,
du hättest gern an manchen Tagen
mit Freuden eines ander´n Los getragen.
In kühnen Träumen wärest du
Indianerhäuptling Winnetou.
Danach in der Verbrecherwelt
ein Kommissar, der Mörder stellt.
Gern wärst du noch zu allem Überfluss
ein Dämon, dem auch ich gehorchen muss.

Mir scheint,
dass dir dies Wechselspiel
schon ab und zu recht gut gefiel.
Für mich jedoch wär´s kein Vergnügen:
W e n sollte ich mit W e m betrügen?
Ritt´ ich mit dir durch die Prärie,
säh´ ich den Krimihelden nie.
Verfiel vielleicht dann noch dem Wahn,
ich sei des Dämons Untertan?

Ich gebe zu,
die Auswahl fiel mir schwer –
denn ganz und gar gäb´ ich auch das nicht her,
was du als braver Mann zu bieten hast.
Sei´s drum, ich trage diese Last:
Ich nehme mir zu meinem Glück
von jedem Wesen nur ein Stück.
Dann endlich hab´ ich meine Ruh´ –
denn jener ganze Kerl bist DU!

Volker Krastel

VERWANDLUNG

Müßig ist´s davon zu sprechen,
weil es viele selbst bemerken.
Man muss sie kennen, seine Schwächen,
denn das verwandelt sie in Stärken.

Ich wünscht, des Menschen guter Glaube,
so metaphysisch er auch sei,
wär so, wie das Gewinde einer Schraube:
gleichmäßig schön und nützlich noch dabei!

.

Rosel Ebert

VERLORENE WEISHEIT

Auf dem langen Weg
vom Gestern zum Heute
ging uns die Weisheit verloren.

Stück für Stück.
Im Rückwärtsgang
suche ich sie zu finden.

Wie viele Blätter hat ein Kalender?
Wie viele Tage ein Jahr?

Die Suche scheint endlos...

Und dann –
zwischen verstaubten Hüllen
vergilbten Blättern,
verblassten Farben –
die Worte:

*Ohne die Liebe
geht eigentlich nichts!*

Geschrieben von dir
vor 8765 Tagen...
Wie nur konnten wir sie verlieren?

Volker Krastel

WIEDER MAL FRUST

Warum wollen die Gedanken
so wie runde Kugeln in ein Loch?
Nichts lässt meine Hoffnung schwanken:
Irgendwann liebt sie mich doch!

Sich lieben ist ein eigen Ding,
anders ist Zusammenleben.
Nichts bindet stärker, als ein Ring,
doch beide müssen etwas geben.

Nachlässigkeit, die unbedacht passiert,
entfremdet einen einfach so.
Nur wenn man unbefangen reagiert
wird die Beziehung wieder froh.

Rosel Ebert

EINSICHTEN

Der Mensch kann
laufen und rennen,
springen und tanzen.
Er kann
schwimmen
im Wasser
wie ein wendiger Fisch.
Doch wie ein Vogel zu fliegen,
das kann er nicht.

Der Mensch kann
denken und sprechen,
weinen und lachen.
Er kann
eingreifen
in die Geschicke
der Welt.
Doch Wunder vollbringen,
das kann er nicht.

Warum
glaubst du
Unmögliches
können zu müssen,
wo dir doch
das Mögliche
unschwer gelingt?

Volker Krastel

ANSICHTEN

Nicht nur gaffen
Werte schaffen!

Nicht nur singen
Es muss auch klingen!

Nicht immer dagegen
Selbst was bewegen!

Was and´re auch machen
Nicht drüber lachen!

Rosel Ebert

STRAMPELN

Abstrampeln
Abquälen
Abändern –
Fliegen lernen!

Wenn die Beine
Den Halt verlieren
Bekommen die Gedanken
Flügel.

Rosel Ebert

DÜNNE HAUT

eine Zwiebel
hat sieben Häute
ICH
habe nur eine

die Haut des Elefanten
ist dick wie ein Brett
MEINE
wird dünn und dünner

− − −

soeben bekam sie
einen Riss

− − −

ungehört bleibt mein Schrei
ungesehen die Wunde
der RISS
wird groß und größer

doch
ICH
habe
alle Pflaster
verschenkt

− − −

Volker Krastel

BEKENNTNIS

Ich war nie ein Arschloch,
hab keinen beschissen.
Ich war evangelisch
und hatte Gewissen.

Bin heute verbittert,
wenn Zeitung ich lese –
wie Sachen man klittert
mit lautem Gewese.

Die wahre Geschichte
kennt ein jeder allein.
Auch Faktenberichte
sind parteiischer Schein.

Rosel Ebert

ALLES oder NICHTS

Aufwachen.
Menschen an meiner Seite.
Leben:
Pulsierend
Anregend
Nervend...

Sehnsucht
Nach einer Insel
Mitten im Meer.
Nur ich
Und die Sonne.

Allein.
Einsam.

Sehnsucht
Nach den Menschen
Bei mir zu Haus.
Leben:
Pulsierend
Anregend
Nervend...

ALLES oder NICHTS!

Volker Krastel

ALLES oder NICHTS

Bevor ich es im Alltagstrott vergess´,
möchte ich mal etwas sagen:
Wir haben, glaub´ ich, zu viel Stress,
und das geht auf den Magen.

Wir haben auch zu viel Gewissen,
noch Reste von Moral.
Beim kleinsten Fehler fühlt man sich beschissen
und jedes Missgeschick schafft Qual.

D´rum schaut doch mal die Bosse an,
die alles ganz cool regeln.
Da ist´s egal, wenn irgendwo und -wann,
wir alle in den Abgrund segeln.

Rosel Ebert

URLAUBSERFAHRUNGEN oder
ÖKONOMIE DES REISENS

Ein Mensch, von Haus aus Ökonom,
der ging auf Reisen Richtung Rom.
Hat´s nun der PISA - Bildungswahn,
auch diesem Menschen angetan?
Der Preis für „Ischia" scheint ihm gut.
Doch längst schon ist er auf der Hut,
denn die Kultur der fernen Welt
ist nicht zu haben ohne Geld.
So denkt der Ökonom ganz schlau:
„Ich teil die Kosten mit der Frau.
Dann fliegen wir an einen Ort,
und was sich ringsum bietet dort,
genießen wir gleich mit voll Wonne –
Neapel und die Capri-Sonne!"

Selbst den Vesuv – bleibt er schön still –
kann der ersteigen, der es will.
Der Lava Steine, Stück für Stück,
trägt man als Souvenir zurück.
Die gibt´s umsonst dabei zuhauf...
Der Ökonom – er atmet auf.
Wozu hat er das Fach studiert?
Ein Dummer, wer das nicht kapiert.
Andenken, billig hergestellt,
zeigt man Touristen für viel Geld.
Versucht mit schlauer Händler-List
an Mann zu bringen jeden Mist.

„Ha", ruft der Ökonom galant,
„das Wertgesetz ist mir bekannt!"
Schon bei der Auswahl dieser Reise,
erstaunten ihn die hohen Preise.
Nimmt man ihn überall so aus,
bleibt er doch lieber gleich zu Haus.
Italiens Schönheit ganz bequem,
kann er daheim auf Video seh´n.

Gleichwohl wird er den Garten wählen
und voll Vertrauen darauf zählen,
dass, was bei Marx der Weisheit Schluss,
nun endlich einmal gelten muss:
Der Ware Preis entspricht dem Wert –
genauso ist es umgekehrt!!!
In diesem Glauben tritt der Mann
dann seine nächste Reise an.

Volker Krastel

EITELKEIT

Sei´n wir mal ehrlich Zeitgenossen,
wer stünde nicht mal gerne auf der Rampe –
mit Lob und Ehre übergossen
und taghell angestrahlt von einer Lampe?
Man hätte es für sich erreicht
und wäre wichtig und sympathisch,
solch helles Licht, das unterstreicht
die guten Seiten automatisch.

Volker Krastel

WENN UND ABER

Je heller die Lampe leuchtet,
desto dunkler ist ihr Schatten!

Rosel Ebert

EITELKEIT

Was ist die Farbe
der Eitelkeit?
Rot wie die Liebe –
Gelb wie der Neid?

Liebe gilt wohl
am meisten sich selber,
und trotzdem wird solch ein Mensch
immer gelber.

Er bringt es niemals
zu Grün oder Blau;
denkt manches Mal,
jetzt sei er ganz schlau:

Will sich in eigener Haut
präsentieren –
soll'n wir nun ihm
oder uns gratulieren?

Üben wir Nachsicht
und halten uns 'raus:
Der eitle Mensch
stellt sich selber ins Aus!

Volker Krastel

ALTERSGEDANKEN

Freunde, wir haben uns verzettelt.
Für uns´re Träume hab´n wir nicht gekämpft.
Wir haben uns dem „mainstream" angekettelt
und das hat den Erfolg gedämpft.

Hier stehen wir; die Nachbarn grüßen,
die Kinder leben und wir haben Kost.
Wir wollen nicht, dass and´re büßen
und Mindestlohn auch für die Post.

Wir sind nun mal die Nachkriegskinder.
Schuldlos, doch schuldig als Gefühl.
Wir wollen Tierschutz für die Rinder
und in der Kirche Polster für´s Gestühl.

Die Zeit verrinnt, wir sitzen ´rum,
die Tatkraft ist verschwunden.
Faulheit macht den Menschen dumm,
sogar den sonst gesunden.

Rosel Ebert

LEISE TÖNE

Es wird Zeit,
Abschied zu nehmen:

Vom Trubel des Alltags
Dem Lärm der Straßen
Von Parteiengezänk
Und Börsenkrach
Von Medienrummel
Krawall und Spektakel.

Sollen andere daran
Zu Grunde gehen!

Für uns
Beginnt die Zeit
Der leisen Töne…

Volker Krastel

LEBENSWEISHEIT

Leben geben
Nach Frieden streben
Nicht am Alten kleben.

Zu allen Zeiten
Toleranz verbreiten
Und geduldig streiten!

Rosel Ebert

MOSAIK

Wenn
Ein Ganzes
In Scherben fällt
Ist das stets auch
Ein neuer
Anfang.

Zehn –
Hundert –
Tausend Teilchen
Fügen sich
Abermals
Wie von selbst.

Das Chaos von gestern
Wird bald schon
Zum Mosaik:
Farbenfroh schillernd
Ein Bild
Voller Hoffnung.

Wenn
Aus Scherben
Ein Ganzes wird
Ist das stets auch
Ein neuer
Anfang...

MENSCHLICHE WELTSICHT

Rosel Ebert

Vom Leben wird der Mensch belehrt,
wer falsch spielt, bleibt nicht unversehrt!

Volker Krastel

NANU!

Letztens war uns´re Erde verschwunden.
Keiner weiß, wie es geschah.
Es dauerte nur wenige Stunden,
dann war sie wieder da.

In uns´rer Welt hat es niemand bemerkt.
Der Planet war nur etwas kälter.
Das hat nun die trübe Stimmung verstärkt,
und die Menschheit fühlte sich älter.

Dass dieses überhaupt geschehen ist,
bemerkten Satelliten.
Es wurde der blaue Planet vermisst.
Vielleicht war´n es Meteoriten?

Die Erde wurd´ aus der Bahn geschossen,
hat einen Looping gemacht.
Es waren wohl Weltraumpossen.
Doch so richtig hat keiner gelacht!

Rosel Ebert

WELTENORDNUNG

Stups und peng
Ein Loch
Im Himmel.

Ich stehe
Auf Zehen
Und schaue hindurch:

Da sitzt
Gott der Vater
Beim Frühstück.

Ich lache
Lache und lache

...

Die Welt
Ist in Ordnung!

Volker Krastel

DER WERMUTSTROPFEN

Auch wenn die Welt es nun beschwört:
Wir wollen Freiheit, Würde, Toleranz!
Es wird doch wieder nicht gehört,
nur Staat und Politik sonnt sich im Glanz!

Es bleibt die Arroganz der Macht,
zwar darf der Bürger sich empören,
man stellt ihn unter Generalverdacht
und will den wahren Grund nicht hören.

Die Macht der Dummheit wird stets unterschätzt,
denn wer nie lernte, selbst zu denken,
der glaubt den Lügenworten wohlgesetzt,
und lässt sich willenlos von andern lenken.

Den Hass zu predigen war immer leicht,
das ist seit jeher allgemein bekannt.
Und doch hat es bisher niemand erreicht,
dass die Maxime gilt: Gefahr gebannt!

Rosel Ebert

ELEMENTE ZWISCHEN
HIMMEL UND ERDE

Die Erde bebt
Die Welt zerfällt
In Schutt und Asche

Das Wasser tobt
Der Wellen Flut
Ertränkt Mensch und Getier

Des Feuers Brunst
Vernichtet
Hab und Gut

Die Luft vergeht in Rauch
Dass niemand
Atem schöpfen kann

ENDZEITSTIMMUNG

Erde zu Erde
Asche zu Asche
Staub zu Staub

Gewalt an sich
Kennt
Keine Grenzen

NUR DER MENSCH
KANN
IHR TROTZEN!

Volker Krastel

ES IST IMMER DAS GLEICHE

Man kann´s betrachten aus fast jeder Richtung,
kann es bewegen, wenden, kann es drehen.
Oft gleicht manch´ Vorfall der modernen Dichtung,
und die kann kaum einer verstehen.

Fast niemand glaubt mehr ans Gerechte,
weil, was geschieht, so anders ist.
Ständig erkennt man nur das Schlechte,
misstraut selbst jedem Spezialist.

Doch ohne Hoffnung sind wir bald verloren,
wer sich dem Schicksal hingibt, jener irrt.
Und wir, die in die Welt hinein geboren,
wissen nicht einmal, wer hier wen verwirrt.

So tut es nötig, wieder selbst zu handeln,
auch wenn es im Verborgenen geschieht.
So wird sich manche Ansicht wandeln,
weil jede Tat Erkenntnis nach sich zieht.

Rosel Ebert

FRIEDEN

Frieden braucht Worte,
die Ängste einfangen;
Worte, die helfen
gegen das Bangen;
Worte, voll Achtung
und Zuversicht –
mit denen der Mensch
zum Menschen spricht.

Frieden braucht Gesten,
die Ehrlichkeit zeigen;
Gesten, mit denen
wir uns verneigen,
vor jenen, die niemals
weggeschaut –
so, dass der Mensch
dem Menschen vertraut.

Braucht Frieden Waffen?
Wir sagen: NEIN!
Tod und Gewalt –
sie holen uns ein,
wenn wir das Treiben
nicht unterbinden,
und das an Werten
wiederfinden,
was dem Dasein
die wahre Größe gibt –
wenn nur der Mensch
den Menschen liebt!

Volker Krastel

ICH WILL, DASS ENDLICH FRIEDEN IST

Irgendwie zeigt sich da etwas wieder,
wir glaubten, es sei überwunden.
Sieht man die Parolen von PEGIDA
schmerzen die alten Wunden.

Der Deutschen uraltes Herrendenken
war wohl nie ganz verschwunden.
Doch, dass sie wieder Plakate schwenken,
das stört mich unumwunden.

Ich will, dass endlich Frieden ist
zwischen den Bürgern im Land.
Ich will ihn nicht, den ganzen Mist,
der steckt nur die Welt in Brand.

Volker Krastel

DER POLITIKER

Wer schon als junger unfertiger Mann
ein Faible hat für Politik
und meint, dass er das wirklich kann,
ist nicht empfänglich für Kritik.

Die eig´ne Meinung durchzusetzen
verlangt nun Umwege zu geh´n.
Er muss hier schmeicheln, dort verletzen,
und hat Intrigen durchzusteh´n.

Taktieren bleibt nicht folgenlos,
die Seele ist wie eingemauert.
Persönlich ist der Schaden groß,
wenn dann der Zustand lange dauert.

Das Wahlvolk hat es auszubaden.
Es geht nicht mehr um kluges Handeln.
Es geht um unverletzte Waden,
die in geputzten Stiefeln handeln.

Rosel Ebert

HOHE SCHULE DER DIPLOMATIE

An neutralen Orten zusammenfinden;
den eigenen Ehrgeiz überwinden,
für heute und immer im Recht zu sein.
Wer anderen zuhört, macht sich nicht klein!

Den Kampf stets zu verhindern wissen,
statt harter Fäuste, weiche Kissen
im fairen Spiel hinüberreichen;
auf Augenhöhe sich vergleichen.

Ganz offen dann und voll Vertrauen
auf jedes Wort des andern bauen,
das gute Absichten verkündet
und Schritt für Schritt mit Ernst begründet.

Kann man das Schlimmste noch verhindern,
die Differenzen schleunigst mindern?
Ist Eins plus Eins tatsächlich Zwei?
Man redet um den heißen Brei…

Nur scheinbar kompromissbereit,
bleibt dieser Weg unendlich weit.
Doch sind die Chancen klein wie nie:
Darum – trotz allem – nutze sie!

Volker Krastel

ICH BIN ERSCHRECKT

Ich bin erschreckt, wie sich die Werte wandeln.
Normalität ist längst nicht mehr normal.
Es geht darum, wie Menschen handeln,
egal ob Kopftuch oder Schal.

Die Herkunft ist doch keine Garantie.
Auch Glaube bringt nicht Solidarität.
Was jemand tut, das weiß man nie,
dass jeder in Verdacht gerät.

Es gibt die Menschlichkeit an sich
und die spürt man für sich allein.
Das, was geschieht, ist fürchterlich,
denn allzu häufig fliegt ein Stein.

Moral und Toleranz sind längst vergessen.
Die alten Werte haben keinen Wert.
Fanatiker sind nur darauf versessen,
dass sich ihr Ruhm weltweit vermehrt.

Klare Vernunft kann sich nicht mehr behaupten,
wenn Dummheit Hass und Tod gebärt.
Wir alle, die an Menschenliebe glaubten,
sind wohl auf dieser Welt verkehrt!

Rosel Ebert

TRAUM UND WIRKLICHKEIT

Sie kommen in Scharen
über das Meer –
mit Nichts
als dem nackten Leben.
Die Angst treibt die Menschen
von Afrika her:
Europa – was wirst du
uns geben?

Was sie erwartet,
das wissen sie nicht.
Sie können nur
beten und hoffen.
Europa schwankt
zwischen Hochmut und Pflicht.
Die Grenzen –
noch stehen sie offen.

Die Mutter hält furchtsam
ihr Kind an der Hand.
Erzählt ihm vom Leben
so bunt.
Da packt sie ein Sturm –
schon greifbar das Land.
Schwarz ist des Ozeans
Grund...

Volker Krastel

ES WURDE KAUM DARÜBER NACHGEDACHT

Es wurde kaum darüber nachgedacht,
wenn denn ein freier Wille zählt,
was zu viel Freiheit aus uns macht?
Ob Regellosigkeit uns quält.

Es braucht die Sicherheit der Normen,
braucht Straßen für den rechten Weg.
Beliebt sind heut´ noch Uniformen,
wie viele Kriege sind dafür Beleg.

Es geht darum, den Zwischenraum zu finden.
Hier Regeln, dort der freie Wille.
Um für sich solch ein Reich zu finden,
reicht oft schon ein Moment der Stille.

Rosel Ebert

MATHEMATISCHE FIKTION
oder BETRUG AM VOLK

Wir nehmen die Zufälle,
errechnen Wahrscheinlichkeiten.
Mittelwerte geben uns Halt.

Bei Teilmengen
suchen wir Schnittmengen.
Absolutes wird relativ,
Negatives verschwindet im Nichts.
Wir mutmaßen und glauben.

Noch immer
hat die Statistik Wunder bewirkt!

BILANZ:
Vom Leben wird der Mensch belehrt,
wer falsch spielt, bleibt nicht unversehrt!

Volker Krastel

MODERNES THEATER

Ich hatte gestern einen Kater;
zuvor am Abend gab's etwas Modernes.
Na, das war wieder ein Theater –
viel Frauen und ein Holofernes.

Begonnen hatte es im Dunkeln,
und dann schrie einer wie am Spieß.
Nun sah man zwei Besoff'ne schunkeln,
ein feister Glatzkopf grinste fies.

Einer warf Farbe an die Wände –
ein helles Rot – gemeint war Blut.
Ein and'rer schmierte Exkremente
auf Tische, was sonst keiner tut.

Alles versinkt im Schummerlicht.
Vier Nackte wälzen sich am Boden.
Warum? versteht man leider nicht.
Ein Schlaglicht fällt auf Riesenhoden.

Dann stöhnt's in einer Ecke sehr.
Ein Weib zeigt seine nackte Brust.
Da machen zwei Geschlechtsverkehr.
Warum? wird mir hier nicht bewusst.

Ab jetzt wird's wieder ziemlich laut.
Die Komödiantentruppe schreit.
Dem Engel wurd' das gold'ne Haar geklaut.
Der Teufel tritt es g'rade breit.

Jetzt kommen Musikanten auf die Bühne
mit Instrumenten, die gar keine sind.
Die Okulele spielt ein Hühne.
Das Spinnrad surrt, das Alphorn bläst ein Kind.

Im Hintergrund: ATOMKRAFT – DANKE!
Ein Greis schüttelt den alten Kopf.
Unter den Nackten gibt's Gezanke,
und einer zieht 'ner Frau am Zopf.

Ganz plötzlich ist das Stück zu Ende.
Der Mimen Schar verbeugt sich brav.
Was wär ich froh, wenn ich das Stück verstände!
Beglückender ist Mittagsschlaf...

Rosel Ebert

VERGEBLICHE SUCHE

Es gibt Synonyme
für -zigtausend Wörter.
Schriftzeichen in allen
Sprachen der Welt.

Doch nirgendwo
steht geschrieben,
was der Mime
uns sagen will !?

Volker Krastel

WICHTIGTUER

Wenn etwas stört,
dann sind es die
verkannten
Dilettanten.
Ganz unerhört:
Diese Art und Weise
zieht weite Kreise!

Wenn einer nur glaubt,
dass er etwas weiß,
und macht sich wichtig,
so sag ich:
Was für ein Scheiß!
Auf den verzicht' ich!

Rosel Ebert

DER WELTVERBESSERER

Du willst die Welt verbessern?
Dann geh´ an´s Licht!
Die Menschen im Fernsehfilm
hören dich nicht!

Nach Toleranz und Achtung
schreist du im Chor?
Dann tritt aus der Menge
und lebe sie vor!

Du leidest stillschweigend
ob Hunger und Not?
Dann schenke den Armen
Wärme und Brot!

Den Flüchtlingen willst du
zur Seite steh´n?
Dann musst als Freund zu dem Freund du
in Offenheit geh´n!

Du sprichst vom Schutz der Natur
und Nachhaltigkeit?
Dann gönn´ dem Auto ´ne Pause,
dem Wald seine Zeit!

Du willst die Welt verbessern?
Tu´n kannst du genug!
Doch dein Protest in Gedanken
bleibt Selbstbetrug!!!

Rosel Ebert

REALITÄT

Hans im Glück
ist aus den Wolken gefallen.
Am Himmel schwebend
segelte er dem Luftschloss davon.
Im Flug durch das All
wurde er sehend.

Schattenbilder:
die Bäume kahl,
die Felsen zerklüftet,
die Erde verbraucht.

Im Schein der Sonne
dann – fast wie von selbst –
begannen die Berge zu leuchten,
die Knospen zu sprießen,
der Boden enthüllte
die keimende Saat.

Festhaltend
an den Strahlen des Lichts
gleitet der Jüngling
dem Wahren entgegen:

Weiche Landung
inmitten
der Realität!

Von unten betrachtet
erhält die Schönheit der Welt
einen neuen
Glanz.

Volker Krastel

ES IST ALLES GESAGT

Es ist alles gesagt,
es ist alles geschrieben!
Die Rollen verteilt,
wer gewinnt, wer verliert!
Wer dies Regelwerk stört,
 der wird einfach vertrieben
und die breite Masse
wird manipuliert.

Es ist heut´ alles anders
und doch gleich geblieben,
denn das, was der Menschheit
bis heute passiert,
geschah häufig ganz ähnlich,
doch meist nach Belieben.
Es ist Hunger nach Macht,
der Unheil geriert.

Volker Krastel

SELBSTMORDATTENTAT

Salzig fallen Tränen in den Wüstensand
und Allah, sagt man, ist´s zufrieden.
Der Attentäter, den man fand,
ist in dem Glauben blind verschieden,
er wird ins Himmelreich einzieh´n
und Allah gibt ihm seinen Segen!?
Des Islams Farbe: Sattes GRÜN;
doch Blut ist ROT – weswegen?

Rosel Ebert

DIE MACHT DER FANTASIE

Es schafft die Fantasie ein Bild
vom Menschlichen im Leben.
Baut auf Visionen wo nur gilt,
nach Glück und Freude streben.

Doch Fantasie hat auch die Macht,
Gier, Hass und Krieg zu schüren.
Trugbilder werden so erdacht,
um Menschen zu verführen.

Die Fantasie hat leichtes Spiel,
wenn wir ins Blaue träumen.
Verfolgt der Mensch kein klares Ziel,
wird er sein Glück versäumen.

Rosel Ebert

WIR SIND CHARLIE

Ob schwarz oder weiß –
auf Gottes Geheiß,
in Allahs Namen –
die Rächer kamen.
Zorn und Gewalt
in Todesgestalt,
die Menschheit bedroht
durch Kriege und Not.

Er hinterlässt Spuren –
der Kampf der Kulturen.
Der Kopf steckt im Sand –
was bleibt vom Verstand?
Ein Schöpfungsbetrug –
nun ist es genug!
Im Ziel eins wie nie:
Wir b l e i b e n Charlie!

Volker Krastel

GLEICHHEIT

Gläubige gibt es viele mit der Bereitschaft zu beten!
Ist nicht ganz gleich, welcher Gott ihre Gebete erhört?

Rosel Ebert

KINDESWOHL

Mit Eifer spricht die Politik
vom Einsatz für des Kindes Wohl.
Was gut scheint auf den ersten Blick,
bleibt beim genauen Hinseh´n hohl.

Der Beutel leer, geht es um´s Geld
für Kitas, Schulen, Freizeitsport.
Die Eltern sind auf sich gestellt –
so war es und so dauert´s fort.

Gesundheit bleibt für jeden wichtig,
zuallererst für´s kleine Kind.
Doch was ist falsch und was ist richtig,
wenn Impfungen freiwillig sind?

Die Masernpartys – jetzt ein Renner,
wo Ansteckung für´s Kind gewollt
und jede Warnung echter Kenner
in Binsenteppiche gerollt?

Mit Süßigkeiten lockt man Kinder –
Wirtschaft und Handel brüsten sich,
als „Quengelwaren-Kauf-Erfinder"
gleich im Regal am Kassentisch.

Und weiter geht´s mit den Profiten,
nun sind wir schon beim Drogendeal.
Was die Betrüger alles bieten,
das ist des Guten längst zu viel.

Es sieht fast aus wie eine Wette,
wie man die Jugend lenken kann.
Nun ist´s die neue Zigarette:
„Wir rauchen jetzt elektrisch, Mann!"

Glykol, Menthol – dazu Vanille,
mit Waldfrucht abgeschmeckt sogar,
in rosaroter Luxushülle –
ein Traum von Seligkeit wird wahr!

Die Zeit ist reif zum Hinterfragen:
Ich schau mich um – weiß, was ich seh´.
Und hör´ den Mensch zum Menschen sagen:
Er kann nichts tun. – Mir tut das weh´.

Volker Krastel

NICHTSTUN

Nachteilig ist in jedem Leben,
manch einer weiß es schon recht lang,
der eig´nen Trägheit nachzugeben.
Nachteilig ist der Müßiggang!

Oder:

Des Menschen größte Dämlichkeit,
das ist und bleibt Bequemlichkeit!

Volker Krastel

VOLKSTRAUERTAG

Der Morgen strahlt in hellen Farben –
davor die kahlen Bäume
erinnern an all die, die starben;
auch jene hatten Träume.

November – Monat der Besinnung!
Gedenken an die Toten.
Es zählt nun nicht mehr die Gesinnung,
gelenkt von Schwarzen, Braunen, Roten.

Sinnlos gestorben in diversen Kriegen,
die von den Mächtigen geschürt.
Die seitdem auf dem Friedhof liegen,
hat falscher Ehrbegriff verführt.

In uns´re Trauer mischt sich Wut.
Es hat sich NICHTS geändert.
Den Waffenhändlern geht es gut,
die Uniform ist neu bebändert.

Rosel Ebert

WEIHNACHT oder
FRIEDEN AUF ERDEN

Brennender Kerzen flackernder Schein
gaukelt mit Wärme und Licht,
Frieden in unsere Herzen hinein –
Weihnachtlich heilige Pflicht!

Gestern noch fand man Autos in Brand,
Bomben in Schächten, auf Gleisen.
Vergeblich bemüht, zu suchen im Land,
den Frieden besinnlicher Weisen.

Wo ist er, der Zug nie endender Kerzen,
entflammt in kraftvollem Schein,
zu dienen dem Frieden mit ganzem Herzen?
Was war, kann auch wieder so sein.

Wenn die Kerzen brennen am Weihnachtsbaum,
erinnern wir uns daran!
Der Frieden bleibt nicht nur ein ferner Traum,
tut ein jeder dafür, was er kann.

Volker Krastel

DAS UNWORT

Ich habe heut ein Wort gehört,
das war und ist ja unerhört.
So muss ich euch mal sagen,
es schafft mir Unbehagen!

Ich bin Papst und du bist Deutschland,
Geiz ist geil und ich nicht blöde.
Was letztes Jahr da an der Wand stand,
war dumm und wirklich ziemlich öde.

Es gibt wahrhaftig kluge Köpfe,
und wie man weiß, auch gute Sprüche.
Was sind die Meinungsgeber heut für Tröpfe,
nur gut für üble Bilder und Gerüche.

Die Sprache ist schon abartig verhunzt,
und mancher meint, das sei die neue Kunst.
Für Achtung vor den Worten alter Meister,
steht Spracharmut gedankenarmer Geister.

SCHLUSSLIED

VON PHILOSOPHEN UND PSYCHOLOGEN

I.

Es mangelt nicht an vielen Doofen,
es fehlen vielmehr Philosophen.
Sie lenken uns im Taggetriebe
durch Wissens- und auch Weisheitsliebe.

Das Streben nach Vernunft und Wahrheit
befördern sie – in großer Klarheit
verändern sie der Menschen Sichten
auf wichtige Gesellschaftspflichten
zu Tieren, Pflanzen, Elementen.
Sie zeigen, was die Menschen könnten,
wenn sie bewusst nach Bildung strebten
und dadurch wirklich mehr erlebten.

Ja, ihre Worte sind wie Gleise,
sie führ´n zu neuer Denkungsweise,
auch zu vernünftigem Verhalten
und zum Verhindern von Gewalten.

Klaus G. Lonvitz

*Wir danken unserem Dichterfreund für die
Anregung in Inhalt und Form zur Fortschreibung.*

II.

Es gibt dann noch die Depressiven,
die abwesend die Welt verschliefen,
gäb´ es nicht kluge Psychologen,
die stets das Leid zurechtgebogen.

Die einen, die die Couch erwählen,
lassen sich tief im Schlafe quälen,
bis sie des Übels Anfang finden,
und so das Elend überwinden.

Den anderen mit den Phobien,
helfen Verhaltenstherapien.
Der Ängste gibt´s unendlich viele,
die heilt der Therapeut im Spiele.

Hypnose und Gespräche kommen
bei den Verschwiegenen und Frommen
zum Einsatz, um sie froh zu stimmen,
und auf Gelassenheit zu trimmen.

So kann der Mensch sein Leben meistern,
sich selbst für Lug und Trug begeistern.
Des Psychologen Ziel für jeden
heißt: Schlechtes, stoisch schön zu reden!

Rosel Ebert

III.

Wer will sie schon in uns´ren Breiten –
die Dogmen der Gelehrsamkeiten?
Ich kann es niemals mehr verhehlen,
mir würde ohne sie nichts fehlen.

Es brauchen Menschen stets die ander´n,
um Hindernisse zu durchwandern.
Ganz allgemein gilt die Erkenntnis:
Notwendig ist und bleibt Verständnis!

Wir leben leider heut´ in Zeiten,
wo Menschen ständig lauthals streiten.
Statt gegenseitig beizustehen,
heißt die Devise: Hals umdrehen!

Was nutzen denn die Theorien,
wenn Menschen vor der Weisheit fliehen?
Der Weisen Wissen wird nichts bringen,
wenn Anwendungen stets misslingen!

FAZIT:
Mit Bildung ist kein Staat zu machen,
bis wir das Feuer selbst entfachen!

Volker Krastel & Rosel Ebert

DR. VOLKER KRASTEL

Geboren 1943 in Berlin.

Bis 1985 wohnhaft in Berlin-Friedrichshagen. Tätigkeit als Allgemeinarzt in Berlin-Altglienicke, Bremen-Blumenthal und Wildau. Seit 2003 wieder wohnhaft im Berliner Raum. Die Arbeit mit den Menschen, insbesondere die unterschiedlichen Eindrücke und Erlebnisse durch die hausärztliche Tätigkeit, ließen eine besondere Sicht auf die Dinge des Lebens zu.

Nach dem Ausscheiden aus dem Berufsleben reifte der Entschluss, Nachdenkens- und Erhaltenswertes in Versform niederzuschreiben.

Volker Krastel gehört dem Vorstand des Freundeskreises „Poeten vom Müggelsee" e.V. an. Es war ein glücklicher Zufall, dass sich die beiden Autoren in der Friedrichshagener Vers-Werkstatt begegneten.

ROSEL EBERT

Geboren 1943 in Leipzig.
Lebt seit 1955 im Berliner Raum. Vor allem das von ihr nach
1990 erworbene Diplom in Praktischer Psychologie und eine
Weiterbildung zur Gruppenleiterin für Biografisches Schreiben
haben ihre Beobachtungsgabe und Ausdrucksstärke für im
Detail liegende Besonderheiten des Lebens und die Reflexion
zwischenmenschlicher Beziehungen geschult, was in zahlrei-
chen Geschichten, Gedichten und anderen literarischen Arbei-
ten zum Ausdruck kommt.
Diverse Veröffentlichungen erfolgten bei BoD und im trafo-
Verlag Berlin.
Rosel Ebert ist Stellvertretende Vorsitzende des Freundeskreises „Poeten vom Müggelsee" e.V. Die Arbeit im Vorstand
führte die Autoren auch literarisch zusammen.

Kontaktdaten:
Ebertrosel@aol.com
v.krastel@gmx.de